ALBERT TERRIEN

Vers le Grand Tout

POÉSIES

O Toi dont je ne suis que l'éternelle proie
Toi qui conduis mes pas à travers les chemins
Et qui fais à la fois ma tristesse et ma joie
Grand Tout ! je tends vers Toi la ferveur de mes mains

PARIS

JOUVE & Cie, ÉDITEURS

15, RUE RACINE, 15

—

1911

Vers le Grand Tout

ALBERT TERRIEN

Vers le Grand Tout

POÉSIES

O Toi dont je ne suis que l'éternelle proie
Toi qui conduis mes pas à travers les chemins
Et qui fais à la fois ma tristesse et ma joie
Grand Tout ! je tends vers Toi la ferveur de mes mains !

PARIS

JOUVE & Cie, ÉDITEURS

15, RUE RACINE, 15

—

1911

Vers le Grand Tout

O NATURE

O Nature ! tu m'as grisé de folle extase...

Et mon regard brûlant, mon regard fou qu'embrase

Le vertige profond de ton vaste Ignoré

T'implore, avec un cri d'amour désespéré !...

O Nature, ô Nature affolante, ô Nature...

Mon cœur voluptueux, que remplit ton murmure,

Est à toi pour jamais ! Je suis l'amant blessé

Qui se meurt sur le Corps follement enlacé

Sentant sa force fuir en l'étreinte impuissante...

Nature, je suis là, sous ta gorge angoissante

Et je ris... et je pleure ainsi qu'un pauvre fou !

Oh ! prends-moi... conduis-moi là-bas... je ne sais où

Mais en Toi, grande, belle, impudique et fervente !...

Fais-moi vivre et fais-moi souffrir d'âpre épouvante...

Que mes fibres, mes nerfs... se mêlent à ton Corps.

Que mon âme n'ait plus ni langueur, ni remords,

Mais que je puisse enfin te mordre, à pleine bouche !

O Nature, ô Nature affolante, ô Farouche...

Femelle monstrueuse aux sens inassouvis,

Que mes pensers te soient à jamais asservis !...

Que mon sang soit un peu de ta brûlante sève !

Oh ! je suis faible, vois... et ma main qui se lève

Implorante vers Toi ne peut pas te saisir...

Mais mon cœur qui te veut éclate de désir !   [lante,

Brise-le ! mais prends-moi... prends ma chair pante-

Ma chair ivre d'ardeur, ma chair moite et hurlante,

Je ne suis qu'un atome et je me livre à Toi...

A moi l'âpre frisson de flamboyant effroi !...

Je me traîne à genoux devant tes yeux énormes,

Je baise avec amour le divin de tes formes...

Je suffoque et je serre avec avidité

Mes orgueilleuses dents folles de volupté...

Et je t'appelle... et je t'étreins, et je t'écrase...

O Nature... tu m'as grisé de folle extase !

. . . .

———

LE MALAISE

———

Le trouble m'a saisi, ce soir, j'ai frissonné...
Comme l'onde dormante au contact de la pierre,
Et d'effroi j'ai senti s'agiter ma paupière...
Un tumulte profond en moi s'est déchaîné.

Le trouble m'a saisi, ce soir... j'ai murmuré
Avec la plainte immense arrachée à la terre...
Et mon cœur s'est trouvé plus froid, plus solitaire,
Le malaise a hanté mon cœur désemparé...

Car j'ai levé vers-vous mes regards égarés,

O secrets surhumains des ardentes chimères...

Cieux profonds... cieux d'orgueil... témoins de mes
[misères,

Gouffres vers qui s'en vont mes cris désespérés...

. . . .

Le trouble m'a saisi, ce soir... j'ai recherché

L'ombre vague et peureuse où fuit l'heure dernière,

Mon âme est froide ainsi qu'un morne cimetière...

J'ai peur de voir du bruit... et je me suis caché...

O Vertige blafard du Ciel immaculé

Pourquoi me fixes-tu de ton regard sévère

Moi, l'atome ignorant... moi, le nain éphémère?...

Que tu me fais souffrir, ô Vide inviolé!...

Mon sang s'irrite et bat dans mon cœur refoulé,

Oh ! je voudrais saisir l'angoisse du mystère...

Mais d'étendre la main plus haut... je désespère

Et je souffre... je sens tout mon être ébranlé.

... Le trouble m'a saisi, ce soir, et j'ai pleuré
Sans pouvoir m'expliquer cette détresse amère.
Je suis comme l'enfant qui ne sent plus sa mère
Et dont le cœur craintif s'est soudain égaré...

O malaise enivrant de vague volupté !
A quoi bon m'enlacer comme l'arbre le lierre...
Et comment se fait-il qu'un besoin de prière
Brûle toute ma chair... ma chair de révolté.

Ciel profond ! quoi... toujours ton visage effrayé !
Le vide, la nuit, l'ombre, ainsi qu'un lent suaire
S'étendant tout au fond de mon cœur solitaire !...
... Oh ! le trouble m'a pris, ce soir, et j'ai prié...

EN FACE DU « TOUT »

———

Les flots tumultueux chantent dans l'air sonore...
Et mon cœur resplendit de joie et de désir...
Les flots tumultueux chantent dans l'air sonore.

Le vent semble un baiser où se mêle un soupir...
Et mon cœur est gonflé d'une immense tendresse.
Le vent semble un baiser où se mêle un soupir...

Le ciel est pur et tiède ainsi qu'une caresse...
Et mon cœur ne peut plus contenir son frisson...
Le ciel est pur et tiède ainsi qu'une caresse...

Je ne sais quelle extase embellit l'horizon.

Et mon cœur est plus grand que l'éternel espace...

Je ne sais quelle extase embellit l'horizon.

Le soleil est un dieu de Jeunesse et d'audace.

Et mon cœur se dilate ainsi qu'un fruit trop mur...

Le soleil est un dieu de Jeunesse et d'audace.

Le calme surhumain tombe du pâle azur.

Et mon cœur seul remplit l'universel silence...

Le calme surhumain tombe du pâle azur.

L'Univers immuable impose sa puissance.

Et mon cœur est souffrant de faiblesse et d'orgueil...

L'univers immuable impose sa puissance.

L'Infini se révèle, inéluctable écueil,

A mon cœur angoissé du suprême mystère...

L'Infini se révèle, inéluctable écueil...

...Et mon cœur te proclame, ô Grand Tout nécessaire.

SOLITUDE

L'immensité béante est là... devant mes yeux,

Chaos de ciel, de mer, de rochers et de sables...

Murmures des vents lourds, cris des flots orgueilleux,

Soupirs, balbutiements, silences formidables...

L'immensité béante est là... l'horizon pur

S'ouvre comme une fleur à nos rêves superbes,

Partout la nudité sans voile... rien d'obscur

Dans la lumière d'or... bouquet aux mille gerbes...

Oh ! les bras grands ouverts de l'Espace attirant,

Le mystère profond des « Au-delà » livides,

La morne fixité du soleil expirant...

Le vol capricieux des mouettes rapides !

I.

Immensité grisante ! ô volupté du Beau !

Rien ne parle de l'homme et ne dit nos misères,

Rien ne rappelle au cœur le funeste fardeau

De la vie inutile... et des vaines chimères...

. . . . , . .

———

LA VAINE SOUFFRANCE

———

A la mémoire de J.-M. Guyau.

O Ciel, ô firmament immense et taciturne !

Splendeur de l'Infini ! voûte sombre et nocturne

Où tournent à jamais les mondes inconnus...

Ciel ! Toi qui fais vibrer tous nos sens éperdus

Et qui mets dans nos cœurs tout l'Infini du Rêve...

Firmament éternel où sans repos ni trêve

Glissent tous les frissons des espaces sans fin...

Ciel noir... ciel palpitant... ciel ardent... ciel lointain

Vers qui montent toujours prières et blasphèmes,

Dis-moi... vois-tu nos maux, vois-tu tous ces fronts

[blêmes

Qui se dressent vers Toi... farouches, implorants...

Entends-tu les clameurs de ces pâles mourants

Qui mettent en toi seul leur suprême espérance...

O Ciel profond ! vois-tu notre humaine souffrance ?

. . . .

O Nature féconde où murmure la Vie !

Éternelle nourrice où la force tarie

Pompe avec voluptésa nouvelle vigueur...

O Terre de plaisir... ô Terre de douleur

Témoin de nos chagrins comme de notre joie,

Terre ! dont nous serons demain l'affreuse proie

Et dont l'horizon pur ose sourire encor...

Ton immobilité, ton silence de mort

Ne sont donc pas troublés par la houle des âmes...

Tu restes impassible en face de nos drames,

Nature aveugle et sans pitié... tu n'entends pas !

Oh ! tu frissonneras sous le heurt de nos pas !

Vois ! nous nous agitons dedans ton cercle immense

Terre ! et tu l'entends bien notre humaine souffrance !...

. . . .

O froide solitude... où notre Vie amère

Stérile et méprisée espère et désespère !

Oh ! ne regarde pas... mon âme... autour de toi

Car le ciel inconnu dont tout homme à l'effroi

Et dont l'immensité te menace sans cesse...

Et la terre... où frémit le flot de ta jeunesse

Méconnaissent tes maux et méprisent tes jours...

Oh ! pauvre atome humain, qui t'agites toujours,

Laisse le monde en paix et regarde en toi-même.

L'âme est ta seule amie et ton témoin suprême,

Ne jette pas au vent tes cris et tes clameurs

Car la Nature est sourde à toutes tes douleurs...

Subis patiemment ton humaine souffrance,

Et laisse l'Univers et son indifférence...

.   .   .   .

IMMENSITÉ

———

Brusquement au détour du chemin tourmenté :
La Mer ! dans sa tragique et froide immensité...

.   .   .   .

... O délirant abîme... ironique et farouche
Qui jettes ta clameur de ta haineuse bouche !
Océan ! ô géant assoiffé de sanglots
Que l'on entend hurler, le soir, avec les flots,
Pour un moment fais trêve à tes mâles colères,
Laisse mon âme en paix adorer ses chimères...

... Immensité ! le bleu de l'infini marin

S'affaiblit et se meurt... mer et ciel ne font qu'un !

L'air est plein du vertige inassouvi de l'onde...

Et je ne sais quel vide inquiète le monde...

La splendeur de l'Espace énerve la raison...

Oh ! pouvoir pénétrer ce muet horizon !...

L'effort rythmé du flot cache un vague mystère,

L'Inconnu qu'on perçoit attire et désespère...

Le nuage qui passe est grimaçant et lourd,

Et la voix de l'espace est un silence sourd.

... Immensité !... Là-bas, par delà les flots pâles,

Par delà les frissons des vivantes rafales,

Par delà l'horizon ivre de liberté

Je devine un pays de rêve et de beauté...

J'entrevois... frémissant... une oasis intime

Pleine de griserie et d'extase sublime,

J'entrevois un bonheur qui ne doit pas finir :

Inconnu palpitant... vaste comme un désir !

Immensité !... la mer n'est plus qu'une caresse,

Le Ciel calme et sans fin me grise de tendresse...

Tout et Rien... réunis dans le même secret...

L'Univers... le Néant... le palpable et l'abstrait !

Immensité ! mon âme avec effroi s'agite,

L'énorme volupté de l' « Immense » l'irrite,

Elle sent tressaillir ses fibres de douleur

De ne pouvoir d'un coup prendre cette splendeur,

La faire sienne, avoir en elle cette extase

De mourir... par le Rêve infini qui l'écrase !...

.   .   .   .

... Brusquement... au détour du chemin tourmenté :

La Mer ! dans sa tragique et froide immensité...

.   .   .   .

LA MER

Elle rit, pleure, gémit, chante..
Elle répand sa voix ardente
Dans le parfum âcre de l'air...
Elle dort, paisible... elle rêve,
Elle rugit, sa voix s'élève.
Elle est terrible... elle est la Mer !

Elle est la belle, elle est la douce
Des rudes gars qu'elle éclabousse
De rafale et d'embrun amer...
Elle est la perfide enjôleuse
Qui sait se faire cajoleuse
Pour mieux les prendre... elle est la Mer !

Elle est la maudite, la gueuse,

L'effroi de la femme peureuse,

Le gouffre où tout espoir se perd...

Elle est la gouge, elle est le crime,

Tout demeure dans son abîme,

Elle est la tombe... elle est la Mer !

Elle est l'ivresse, elle est le rire,

Elle est la force et le délire,

Elle est la fée au manteau vert...

Et quand le soleil meurt en elle

Rouge de pourpre sensuelle

Elle est la joie... elle est la Mer !

Elle est la tristesse infinie,

Elle est l'âpre mélancolie

Qui trouble notre cœur désert...

Elle pleure avec notre peine,

Elle est l'amante souveraine...

Elle est l'amie... elle est la Mer !

Et dans le frémissant silence,

Elle est le râle de souffrance

Du « Tout » inéluctable et fier...

Et le rut universel... gronde

Au plus intime de son onde,

Elle est la Vie... elle est la Mer !

DEVANT LA MER

A mes pieds l'Océan se soulève et murmure,

Et j'écoute son chant monotone et très doux...

L'ardeur du jour pâlit sur toute la Nature

Et la vague apaisée a perdu son courroux...

Le flot harmonieux vient mourir sur la grève,

Oh! je voudrais aussi m'assoupir avec lui !

Je me sens envahir par je ne sais quel rêve

Plus léger que l'oiseau qui tout là-bas s'enfuit...

Océan ! Océan ! répands ta rêverie,

Mon âme trop ardente a besoin de repos...

Et toi seul sais donner cette mélancolie

Qui met un voile pur et triste sur nos maux...

. . . .

Devant moi la Mer grise et très pâle s'agite...

Son horizon brumeux se mêle avec les cieux.

J'écoute avec respect son grand cœur qui palpite

Et qui répand sur nous ses éternels adieux...

Le flot lourd sur le sable exhale sa tristesse

Et je me sens dans l'âme une vague douleur :

Tout le gris de la Mer s'étend sur ma jeunesse

Mon corps est frissonnant et j'ai froid dans le cœur...

Océan ! Océan !.. nos peines ne font qu'une

Oh ! chante ta chanson la plus triste pour moi...

Ta souffrance jamais ne peut m'être importune,

...Et je bénis celui qui comprend mon émoi...

.   .   .   .

La mer fauve aux reflets de froide perfidie

Déferle avec fracas sur les rochers têtus...

Un chant de haine sort de la vague en furie...

Des nuages au loin s'envolent... éperdus !

Oh ! quel emportement se déchaîne en mon âme...

Tous mes vagues désirs tant de fois réfrénés

Voudraient-ils égaler la fureur de la lame !...

Oh ! quels sont donc ces cris, ces clameurs de damnés...

...Océan ! Océan ! ta colère est la mienne,

Ta rage dans mon cœur a trouvé des échos...

Je suis un révolté, comme toi... Mer humaine,

Et dans mon corps je sens les remous de tes eaux !...

.   .   .   .

A mes pieds l'Océan immuable frissonne ;

Sans se lasser, les flots pleins de vie et de mort

Bercent mes sens calmés de leur chant monotone

Comme une femme berce un enfant qu'elle endort...

Que suis-je auprès de toi, sombre mer infinie,

Immensité des flots... gouffre d'éternité !

Toi qui demain verras ma tremblante agonie

Et qui déjà souris de ma témérité...

Mais... quand fermant les yeux, je regarde en moi-

Et que je vois un autre abîme devant moi,   [même

Je triomphe, Océan ! c'est mon orgueil suprême :

Car mon âme est encor plus profonde que Toi !

.   .   .   .

LA MER MONTE...

—

Le ciel immense est gris... le vent souffle... la grève
A dans son abandon l'immensité d'un rêve...
Partout du sable nu très morne... tout là-bas
Des rochers soucieux amoncelés en tas...
Des varechs languissants... des flaques d'eau sans vie,
Et puis sur tout cela... de la monotonie
Si pâle que le cœur se serre tristement.
Nul bruit d'homme, désert vague uniformément...
A peine quelqu'oiseau dans l'immensité nue
Trouble-t-il l'horizon de sa course inconnue :
La vie a déserté le splendide univers,
...Rien ne tressaille au loin dans les recoins amers

Des granits torturés... Seul le vent qui murmure
Emplit l'immense paix de son haleine obscure
Et meurt avec un cri sur le sable mouvant...
Oh ! l'exquise clameur que la plainte du vent !...
Une molle stupeur étreint la solitude
Et l'air nu semble plein de vague inquiétude...
Un invisible effort se devine partout,
Un frisson surhumain agite le grand Tout...
Et le ciel est profond... le vent souffle... la grève
A dans son abandon l'immensité d'un rêve !...

. . . .

...Et là-bas c'est la Mer !... Les flots lourds, somnolents
Meurent avec lenteur sur les sables croulants...
L'illimité n'est plus qu'un miroir immobile
Où la pâleur de mort du firmament stérile
Se reflète... mêlant son suprême néant...
On sent là tout le vide insondable, béant,
N'osant se révéler et cachant son mystère...
C'est un morne secret sur l'horreur de la terre...

C'est comme un noir combat s'apprêtant dans la nuit

C'est le calme effrayant qui précède le bruit

Rendant l'attente horrible à l'âme qui devine...

Soudain un frôlement qui se glisse en sourdine

Émeut la nudité des rocs épouvantés...

Puis des coups sourds, très lents, en mesure heurtés

Ébranlent l'inconnu des abîmes énormes...

L'on croit que de partout vont se dresser des formes,

Et que des ombres vont se tordre sur les flots :

Mais rien... Et maintenant, plus rudes, des sanglots

S'exhalent pleins de peur de l'ombre taciturne

Et puis un grand soupir emplit le lourd nocturne,

Et puis des voix, des cris, des plaintes, des rumeurs,

Des appels furieux, des rages, des douleurs,

Et c'est devant nos yeux un bouillonnement sombre,

Un gigantesque assaut de l'espace et de l'ombre,

Et ce tumulte monte inexorablement

Sous l'œil fixe et profond du lointain firmament

Et c'est tout l'océan courant à la curée...

...C'est le déchaînement de la mer... la marée !...

MER « NOIRE »

Quels funestes desseins, ô flots... méditez-vous ?

Pourquoi cette noirceur et cette âpre tristesse...

Les rochers impuissants que rongent vos courroux

Vous regardent mourir... pleins d'amère détresse...

Le désert aplani de votre horizon mort

Ne connaît plus la voix grondante de la houle,

O Flots... renoncez-vous à l'éternel effort?...

N'allez-vous pas plutôt vous rassembler en foule

Et courir éperdus sur les sables féconds

Que votre apaisement étonne et désespère...

O Flots puissants... haineux... des abîmes sans fonds,

Pourquoi donc gardez-vous cet aspect de mystère...

Pourquoi cette tristesse, ô vous que l'on dit fous ?

Oui, ce voile de deuil qui vous mord et vous hante

Cache, nous le savons, la future épouvante...

Oh ! quels sombres desseins, flots noirs, méditez-vous ?

. . . .

...Le Ciel vague et sans fin est un suaire énorme

Qui tombe lourdement sur votre immensité...

Tout l'infini marin a cet aspect difforme

De l'inconnu mêlé d'horreur et de beauté !

La lente profondeur du Grand Tout morne et sombre

Cache je ne sais quoi d'ineffablement doux,

Et pourtant on sent là comme un crime dans l'ombre...

Oh ! quels affreux desseins, flots noirs, méditez-vous ?

Rien ne paraît au loin dans l'obscurité louche,

Et ce n'est plus le jour, et ce n'est pas la nuit...

C'est le noir... masque vague... impalpable et farouche,

On ne sait même plus si tout est calme ou bruit...

. . . .

Et la mer gigantesque, inassouvie et mâle

Accroît à cette horreur par sa complicité.

Elle n'entr'ouvre plus sa mâchoire infernale

Mais son œil glauque et mort fixe l'obscurité...

O Flots vivants, l'on sait vos douceurs hypocrites,

Flots noirs, haineux... demain vous serez réveillés ;

On entendra chanter vos complaintes maudites,

On entendra râler les rocs émerveillés !

O Flots baignés de deuil, votre tristesse est feinte,

Votre noirceur recèle un effrayant courroux...

A quoi bon contenir vos élans et vos plaintes,

Pour reprendre l'assaut, monstres, qu'attendez-vous ?

. . . .

MER « ROUGE »

A Gaston Picard.

Comme un blessé... vaincu... qui meurt silencieux...
Le Soleil va tomber dans la lenteur des cieux.
Doucement il s'incline et décroît en silence,
Il saigne tout son sang dans l'horizon immense,
Et la mer, et les caps, et le sable brûlant
De la pourpre du mort se teintent en râlant...

.   .   .   .

Comme un blessé... vaincu... que la douleur ranime
Le Soleil se cramponne au bord du froid abîme,
Il paraît hésiter... et tremble de mourir...
Comme un homme qui croit pouvoir se ressaisir.

2.

Mais l'implacable loi l'entraîne avec ivresse !

Il descend, il descend... sans hâte, avec tristesse...

Le haut du globe rouge émerge encore un peu

Au-dessus de l'immense et profond gouffre bleu ;

Et le ciel... où la nuit va régner en maîtresse,

Et la terre... où flambait sa féconde allégresse,

Pleins de l'émotion de la mort du Puissant

Le regardent répandre autour de lui son sang...

Et frissonnant alors d'horreur et de folie

S'associent par leur calme à sa fauve agonie...

... La mer, devant l'énorme incendie en fureur

Fait monter une lente et très vague clameur...

Son flot lourd s'illumine... et chancelle... et flamboie...

Elle semble, à présent, la gigantesque proie

D'un monstre frénétique et cruel qui la mord,

Et sous son mâle effroi sa surface se tord...

Dans le silence monte une plainte insensible

Qui semble s'exhaler d'une gorge invisible

Pleine de mille cris, de pleurs et de sanglots...

Et les flots empourprés, les gigantesques flots

S'engouffrant... tout vibrants... sous la voûte divine,

Semblent des démons noirs... que le Jour assassine...

. . . .

... Et l'immensité nue est un vaste décor

Teinté de rouge vif et tout empourpré d'or.

Tout le sang du Soleil qui va mourir... ruisselle

Et fait de chaque flot une folle étincelle !

Mais bientôt le grand voile apaisé de la nuit

Descend... inexorable et sombre... sur ce bruit.

C'est le linceul qui vient ensevelir le monde,

Il couvre sans pitié de sa trame profonde

Le rouge embrasement du grand Soleil vaincu...

La mer est sourde... et rien n'émeut son désert nu.

. . . .

Et pourtant, à son tour, la nuit tragique passe,

Son voile, peu à peu, s'éclaircit et s'efface,

Mille bruits, mille riens, troublent les lents échos

Et comme un long frisson passe au-dessus des eaux.

Puis, le déchirement de la nue endormie !

L'immensité renaît tout à coup à la vie...

Les lames, en chantant, baisent les rocs têtus,

La gloire du Levant dans les cieux éperdus

Embrase le sublime effroi des solitudes.

La mer... livrée encore aux baisers chauds et rudes

Du grand Soleil de pourpre en rugit à nouveau...

Et pâmée... elle chante... elle exulte plus haut

La sauvage clameur dont sa vague est remplie ;

Et superbe, à la fois, de force et de folie,

Rouge... du sang de l'astre amoureux et vermeil

Elle râle... à la vue ardente du Soleil,

S'anime, s'enfle, gronde... et de son flot ruisselle

Dans son écroulement la Vieuniverselle !

MER « BLANCHE »

———

A l'assaut des rochers formidables et nus,
Les flots... tels des béliers... accourent, éperdus,
Le vent âpre et brutal augmente leur folie,
Ils ragent... l'onde pleure et s'écrase en hurlant,
Et la Mer gigantesque est un abîme blanc
Jusqu'au plus reculé de sa ligne infinie...

L'écume que le vent arrache avec fureur
Couvre les sables froids de sa lourde épaisseur...
Et la neige des flots emplit la grève pâle.
Le ciel cru... traversé de nuages haineux
Est un long voile trouble... obscur... vertigineux,
Sombre... comme l'effroi de la rauque rafale.

O tristesse des jours ! espoirs évanouis !

Combien de malheureux... par un rêve éblouis,

Ont goûté le néant du monstrueux abîme !

Combien... dans le secret des rauques profondeurs

Dans le gouffre géant des muettes horreurs

Gisent... et pour toujours... décevantes victimes.

Impitoyable mer !... ta haine les prend tous...

Et rien ne peut mater ton funèbre courroux,

Ni l'effort calculé, ni l'ardente prière...

Tes flots sourds... sans pitié... raillent notre douleur,

Et tu n'es à nos yeux... dans toute ta blancheur,

Qu'un blanc linceul mouvant, ô mouvant cimetière !

LES ROCHERS

Gigantesques troupeaux ramassés et trappus,
Offrant aux flots rageurs leurs flancs rudes et nus,
Les rochers de granit dressent leurs têtes mâles...
La vague tour à tour, les caresse et les mord,
Le vent obstinément dans leurs gouffres se tord...
Mais leur énormité dédaigne les rafales...

Ils offrent aux flots noirs leurs flancs rudes et vieux,
Ils ne redoutent pas les assauts furieux
Et leur placidité démontre bien leur force...
Au milieu des clameurs des éléments heurtés
Ils semblent... sous les coups des flots précipités
Des troncs d'arbres géants dont s'arrache l'écorce.

La nuit... la lune pâle en fait des monstres noirs
Ou de vagues châteaux aux tortueux couloirs
D'où s'exhalent sans fin des bruits rauques de forge...
Ils ont l'air d'osciller... énormes... sur les eaux...
Et comme sur des morts la fureur des corbeaux
Vient s'abattre sur eux... criant à pleine gorge.

. . . .

Colosses invaincus ils défient l'Océan
Et regardent sans peur vers l'horizon béant
Qui toujours les menace et toujours les harcelle...
Ils luttent vaillamment... muets, pleins de grandeur...
... Mais de l'âpre combat... qui sortira vainqueur,
Le Rocher de granit... ou Toi... Mer éternelle !

ODEURS

L'air salin imprégné d'odeur des goémons
S'exhale lourdement et nous prend aux poumons...
C'est un parfum d'iode et de basse marée
Où traîne un lourd relent de vase saturée...
Une odeur de varech mouillé, de poisson mort,
Une émanation de goudron rauque et fort...

Et j'évoque... ce soir... ce petit port de pêche
Où les barques sentaient si rude... en cale sèche...
J'évoque ses marins, flâneurs indifférents...
Deux par deux... sans parler... mains aux poches...
                                        [errants...

3

Et toute la forêt de vieux bois et de toiles

Qui sur l'eau devenaient de longs mâts et des voiles...

J'évoque la jetée empierrée... où pleurait

La lueur du fanal morne qui l'éclairait...

Le clocher noir... croulant sur sa base embrumée...

Et la ruelle où l'ombre était tout enfumée...

O vieux port... tout empli de misère et d'odeurs

Jamais je n'oublierai que mes jours les meilleurs

Je les dois à ton charme insalubre et rustique...

Quand assis tout le jour près de ton môle antique

Je laissais s'égarer mon rêve au fil de l'eau...

O vieux port, tout tremblant du formidable assaut

De la houle et du vent... ô vieux port plein de femmes,

De prières, d'espoirs, de clameurs et de drames,

C'est à toi que mon cœur épris de ta beauté

Doit sa plus pénétrante et fine volupté...

A toi dont les goudrons et les senteurs magiques

Répandaient dans mes sens l'odeur des atlantiques.

·   ·   ·   ·   ·   ·   ·   ·   ·   ·   ·   ·   ·

———

IMPRESSIONS

Une lente tristesse étreint mon cœur morose
Car la mer était grise et sa vague pleurait...
Sur les rochers obscurs où la lame se pose
Le soleil n'a pas eu ce soir d'apothéose,
Et tout s'est replié dans son morne secret...

Une fièvre insensée en mon esprit tressaille
Car la mer était sombre et ses vagues hurlaient...
Sur les grèves sans fin que sa fureur assaille
J'écoutai longuement son courroux qui me raille,
Et quand je suis rentré mes artères battaient :

Comme un besoin d'aimer, en mon âme palpite,
Car la mer était blanche et sa vague rêvait...
J'ai puisé devant elle un amour sans limite,
Et mon cœur embrasé s'énerve et puis s'irrite
De voir ces tristes lieux que la lame baisait...

Un pâle désespoir brise mon âme toute
Car la mer était noire et son flot se taisait...
Tout seul j'ai parcouru silencieux ma route,
Et je sens rire en moi le sarcasme du doute
Que la tranquillité de la mer exhalait...

Je sens dans tout mon corps la morne inquiétude
Car la mer dans la nuit doucement chuchotait...
J'interrogeais sa voix tour à tour douce et rude,
Mais elle m'a montré plus fort ma solitude...
Personne dans cette ombre...hélas...ne répondait...

Une brûlante ardeur bouillonne dans mes veines...

Car la mer était bleue et sa vague chantait.

Je suis allé là-bas... sur les roches lointaines,

J'ai senti peu à peu s'enfuir toutes mes peines

Et la lente douleur qui toujours m'obsédait...

.   .   .   .

LE VIDE

———

Un *vague* étrange emplit le secret de mon âme,
Et ma force n'est plus... et mes rêves sont morts.
Je ne sens plus en moi tressaillir une flamme...
Un vide immense emplit le désert de mon corps.

Je ne puis rassembler mes plus chères pensées...
Elles vont au hasard et flottent sans raison,
Comme sur l'océan ces lames insensées
Que le souffle des vents chasse de l'horizon.

La splendeur de mon rêve est une brume intense
Où je ne vois, hélas, que débris confondus...
Je ne sais même pas si c'est l'incohérence,
Tous ces pensers épars... les ai-je déjà vus ?

La mer qui se soulève à mes pieds... parle-t-elle ?...
Ses charmes infinis ne me disent plus rien.
Que m'importe, après tout... qu'elle soit dure ou belle...
Est-elle devant moi ?... Je ne le sais plus bien...

J'entends mille concerts chanter à mon oreille :
Bruits des flots, bruits des vents, bruits d'amour, bruits
[défunts...
Et c'est une musique étrange et sans pareille,
Qui semble conserver comme de lents parfums...

Mais je ne puis, hélas, ni vouloir ni comprendre.
Mon âme est un abîme et d'horreur et de nuit...
Ma voix me semble sourde et je crains de l'entendre...
Oh ! j'ai peur à la fois du silence et du bruit !

VISION LOINTAINE

———

Là-bas sur les rochers où sanglotent les vagues...
Sous l'immense splendeur du ciel diamanté,
Devant l'obscur secret de ces horizons vagues
Où passe... en murmurant... un chant d'éternité...
J'ai senti dans mon cœur renaître ma folie,
Car j'éprouvai soudain la tendre illusion
De sentir près de moi l'Idole de ma vie
Ma cruelle et toujours si douce obsession...
O divin Océan... ô ciel énorme et sombre,
Infinis torturants de beauté... de douleur...
Mon âme...cette mer aux flots lourds et sans nombre
Vous bénit de m'avoir redonné le bonheur !

.   .   .   .

Sur les rochers... parmi les soupirs de la vague

C'est sa voix que je crus entendre s'élever...

C'était comme un murmure indistinct... qui divague...

Comme un frisson d'amour qui passe et fait rêver...

C'est sa voix, j'en suis sûr, qui parlait à mon âme !

Et frémissant... osant à peine respirer,

J'écoutais palpiter sa voix douce de femme

Qui parfois semblait rire... et tout à coup pleurer...

. . . .

Devant le gouffre obscur... attirant... formidable

J'ai senti tressaillir tout mon être hagard,

Car soudain, en fixant la nuit inexprimable

J'ai cru voir devant moi l'effroi de son regard...

O vertige effrayant ! j'ai senti sur ma bouche

Ses deux lèvres d'orgueil qui venaient se poser...

C'est elle... j'en suis sûr... qui superbe et farouche

Mêlait au bruit des flots... le bruit de son baiser !

. . . .

Et devant le Grand Tout immuable et sans bornes,

Devant l'Océan gris...devant les rochers nus

Devant les horizons lointains... pâles et mornes

Devant les éternels espaces inconnus...

J'ai senti de nouveau renaître la torture

Qui toujours me poursuit et qui toujours me mord :

Car devant l'infini de l'ardente Nature

Mon âme retrouvait l'Infini de son Corps !

. . . .

TENDRESSE...

———

J'ai ce soir un besoin infini de tendresse...
Et j'aime le silence éternel du Ciel mort,
Et j'aime le vent rauque à l'inutile effort,
Mon âme frémissante est ivre de Jeunesse...

Il me semble aujourd'hui que vibre sur les choses
Le délirant amour qui chante dans mon cœur...
Et j'aime l'océan au murmure moqueur,
Je ne me souviens plus des jours gris et moroses...

J'ai ce soir dans mon âme une mélancolie
Si tendre que les pleurs alourdissent mes yeux
Et je crois qu'un parfum subtil et merveilleux
A mêlé son ivresse au sang pur de ma vie...

Oh ! je voudrais crier un long râle de joie
Et détendre d'un coup mes nerfs voluptueux...
Et sangloter devant les cieux tumultueux,
Dont tout mon corps devient la monstrueuse proie...

J'ai ce soir un besoin étrange de souffrance,
Oh ! j'aime l'univers qui raille mon émoi !...
Solitude d'orgueil !... tout mon être est à toi...
Je voudrais m'engloutir dans ton indifférence !...

Je t'aime... ô Soleil froid, disparu dans ta gloire !
Je t'aime, grève pâle, ivre de liberté !...
Et toi ! mâle océan... ô glauque éternité !...
Dans mon âme, ce soir... je porte la victoire...

Car mon cœur a connu la flamboyante ivresse...

C'était sous le ciel d'ombre... à l'heure où tout se tait...

Maintenant je suis seul... Flots gardez mon secret !

... J'ai ce soir un besoin infini de tendresse...

.   .   .   .

FROLEMENT...

———

Oh ! laisse-moi poser, ce soir, sur ton épaule,
Ma tête fatiguée aux rêves incertains...
Laisse l'anxiété de ma main qui te frôle
Caresser la fraîcheur de tes bras enfantins...

Le monde est loin... bien loin... vois nul ne nous regarde
Que l'œil majestueux du morne firmament.
La caresse du vent à peine se hasarde...
Une planète d'or brille timidement.

Oh ! nous sommes perdus dans le temps et l'espace !
L'universel amour à jamais nous unit...
Vois...la splendeur du Tout a perdu sa menace
Et son immensité nous prend et nous bénit...

. . . .

Oh! que le bruit aimé de nos voix murmurantes
Ne trouble pas la paix des sonores échos !
Contemplons l'infini des étoiles errantes...
Écoutons l'Univers où meurent des sanglots...

La Mer est là... splendide en son voile de brume...
L'on dirait le frisson suprême de nos cœurs...
Respirons l'âpre odeur dont elle se parfume
Elle nous guérira de nos mornes douleurs...

Imprégnons notre esprit du baiser de l'abîme !...
Donnons-nous librement au Tout incontesté,
Heureux de nous sentir à jamais sa victime,
Ivre d'une dernière et folle volupté !

. . . .

... Oh ! laisse-moi poser sur ton épaule frêle

Ma tête au front brûlant, aux rêves pleins d'ardeur...

Nous ne sommes que deux... et rien ne se révèle.

... Je t'ai peut-être dit des mots qui te font peur...

Ferme tes sombres yeux... et ne crains rien : je t'aime,

Et je veille sur toi... nul danger n'apparaît,

L'Univers qui palpite est là... toujours le même,

Je ne veux plus parler de son troublant attrait...

Sur ton cœur frémissant de ferveur et d'extase

J'appuierai la détresse immense de ma chair...

Et tu seras le Beau dont mon âme s'embrase,

En toi... je trouverai l'Inconnu qui m'est cher.

Sois tendre... tu seras pour moi la griserie

Que le frisson du « Tout » répand dans mon cerveau...

Ton regard où pâlit la lente rêverie

Pour la nuit de mon cœur sera comme un flambeau !

Sois douce... et tu seras l'ivresse de la brise
Longuement parfumée au vertige des nuits...
Et ton corps d'abandon où ma force se brise
Sera pour ma ferveur l'univers plein de bruits...

Sois dure!... que tes mains soient froides et cruelles,
Et tu seras pour moi le tumulte des flots...
Et la rumeur d'orgueil des forces éternelles
Mon cœur les percevra dans tes âpres sanglots !

. . . .

Oh ! laisse-moi poser mon front sur ta poitrine
Que mes bras éperdus s'enroulent après toi...
Que ma bouche s'attache à ta bouche divine,
Que je ne sente plus d'autre loi que ta Loi...

Et je tiendrai le « Tout » dans ma main palpitante,
L'universel Esprit... l'universelle Chair...
Et j'entendrai pleurer..., plein d'une joie ardente,
La respiration nocturne de la Mer !...

. . . .

J'AI PEUT-ÊTRE...

J'ai peut-être pressé ta main entre les miennes,
Mais la mer ce soir-là chantait si doucement
Que je sentais courir un frisson dans mes veines...
Fallait-il réprimer ce premier mouvement ?...

Peut-être ai-je attiré ta taille nonchalante...
Mais la mer en mourant exhalait des soupirs,
Et son rythme grisait mon âme délirante,
Mon âme que ta vue emplissait de désirs !...

Peut-être ai-je effleuré ta vague chevelure...
Mais la mer et le vent étaient si pleins d'émoi,
Tout mon cœur n'était plus qu'une vaste brûlure...
Je voulais l'Infini qui palpitait en toi !

Peut-être ai-je posé mon front sur ta poitrine...
Mais les astres du ciel brillaient étrangement,
Et j'avais comme peur de leur splendeur divine
Qui semblait me fixer irrésistiblement !...

Peut-être ai-je approché mes lèvres de ta bouche...
Mais les flots me semblaient des caresses d'amants,
Et j'étais à la fois très tendre... et très farouche,
Prêt à briser mon corps aux fols enlacements !...

Peut-être t'ai-je dit de ces mots de folie,
De ces doux noms d'amour qu'on murmure tout bas...
Mais devant l'Océan plein de mélancolie,
Mais devant l'Infini... qui donc n'aimerait pas?...

CALME

———

A Paul Terrien

O Soleil ! ton ardeur fatigue l'Océan !

Et les flots apaisés de l'abîme géant

Meurent... sans murmurer... sur le sol de la grève...

O Soleil... ton ardeur fécondante et sans trêve

Brise l'effort brutal de l'immense courroux...

La mer pacifiée est un calme très doux,

L'air que ne trouble plus le vol blanc des mouettes

Ne connaît plus l'écho... les splendeurs sont muettes...

... Mille feux éclatants éclaboussent les eaux

Faisant des flots dormeurs d'étincelants joyaux...

Le sable nu, désert... sous les rayons flamboie,

Et l'ivresse de l'air semble lourde de joie...

Les voiles, sans vigueur, pendent flasques aux mâts...

Les rochers engourdis font d'inertes amas...

L'horizon en chaleur se couvre un peu de brume,

Par endroits sa moiteur dans l'azur pâle fume,

Le vent tiède n'est plus qu'un souffle moribond..

Et la Paresse étreint tout l'Univers profond...

. . . .

... O Soleil... ton ardeur fatigue aussi ma vie...

Ta force éblouissante au repos me convie,

Et je laisse, en sueur, tomber mes membres las.

Mais aussi sous le feu de tes brûlants éclats

Mon cœur voluptueux que ta chaleur active

Bouillonne et puis se tord... comme une flamme vive,

Je sens dans mon esprit ta force et ta vigueur,

Mais mon corps fatigué ne comprend plus l'ardeur

De mon âme enflammée où tu règnes en maître !...

J'assiste, spectateur, de ma propre fenêtre,

A l'étrange combat de l'âme sur mon corps,

L'une pleine de vie et lautre plein de mort...

Et je suis, à moi seul, l'Univers symbolique :

Mon âme... chaud Soleil... mon corps... mer léthar-

[gique !

VERS L'INCONNU

La lande immense est nue... et le ciel est en deuil...

Les arbres torturés par le grand vent s'agitent...

Les flots râlent au loin sur un perfide écueil,

Leurs voix, sans se lasser, s'élèvent et s'irritent.

La lande immense est nue... et le ciel est troublé,

Et sur cela descend la grande paix nocturne...

Tout le pâle horizon peu à peu s'est voilé...

Le monde prend soudain un aspect taciturne...

J'écoute le frisson voluptueux des nuits

Qui remplit de frayeur la vague chuchoteuse.

Vaste balbutiement de silence et de bruits...

... La lande immense est nue, âpre et mystérieuse...

. . . .

. . . .

Et seul sur les rochers où le flot vient mourir,

Je vais très lentement, au hasard de ma route...

Le vent qui passe pleure, et son vague soupir

Ainsi qu'un long baiser grise mon âme toute.

Je regarde la mer, je regarde les cieux

Ces vastes réservoirs des forces éternelles,

Je regarde briller les astres anxieux...

Et je me sens soudain plein d'angoisses nouvelles...

Eh quoi! tout l'Inconnu de splendeur et d'effroi

S'étale... et je peux voir son abîme terrible !

Ciel... vais-je découvrir ton effrayante Loi...

Inconnu de la Mer vas-tu m'être accessible?

.   .   .   .

Hélas! mes yeux troublés ne peuvent plus rien voir.

Tout garde son secret... tout demeure farouche,

La vague meurt sans fin, le ciel est toujours noir,

Et des mots de colère expirent sur ma bouche...

Oh ! je veux te connaître, effroyable Inconnu

Et dévoiler, un jour, l'Énigme qui m'écrase.

Je veux aller vers Toi... qui donc, qui donc es-tu ?

Ne vois-tu pas l'ardeur démente qui m'embrase ?

N'auras-tu pas pitié de moi... l'atome humain

Qui t'admire et te hais, splendeur mystérieuse...

... Mais hélas, tout se tait... la mer... le ciel lointain

... La lande immense est nue, âpre et silencieuse.

.   .   .   .

CRÉPUSCULE

———

Silence..., solitude..., immensité du monde...,
Calme majestueux de la Terre profonde,
Le jour qui meurt étreint de son voile de deuil
La hautaine beauté de l'Univers d'orgueil...
.   .   .   .
Vers le ciel moribond, vers l'Inconnu tragique
Tu te sens attirée, ô mon âme mystique.
Un chant d'amour t'agite et te fait tressaillir
De je ne sais quel vague et torturant désir.
Tout le vague infini qui t'étreint te torture
Oh ! regarde mourir la vivante Nature,
Prie... et recueille-toi... sous le ciel imploré,
Refuge unique et sûr du cœur désespéré.

Silence..., solitude..., immensité du monde !

O Nature... où plus rien ne vibre ni ne gronde,

Calme terrible et pur, farouche liberté

De l'Espace affolant du soleil déserté...

Griserie infinie et grave du mystère,

Frisson voluptueux qui traverse la terre

Malgré l'immensité de la nuit..., de la mort !

Mâle torrent de sève... et toujours le plus fort.

Lointains perdus de brume où l'on entend à peine

Le murmure confus de la souffrance humaine...

Arbres tordus..., champs lourds..., villages parsemés,

Odeurs fraîches des bois, d'automne parfumés

Vent glissant tout au ras des amoureux feuillages

Faisant frémir l'air froid de leurs froids persiflages,

Et le calme toujours, et le calme partout,

Doux, comme le repos sublime du grand Tout...

O Nature, Nature, éternelle nourrice,

Je veux m'anéantir en ton sein... ô délice !

IMPRESSION NOCTURNE

———

La nuit vague... apaisée... enveloppante et nue,
Descend, comme un linceul infini... de la nue...

. . . .

... O Ciel ! dont la troublante et froide nudité
Accroît à nos regards la pâle immensité...
Ciel... espace inconnu... domaine du mystère,
Voûte éternelle et lente où s'agite la terre...
La nuit te prend... la nuit t'étreint... la nuit te mord
Et jette sur ta paix la splendeur de sa mort...
O ciel noir... solitude extasiée et lourde
Où la voix du silence est une plainte sourde,

Ciel... réceptable pur de l'immortalité...

Échec sombre et vivant à notre vanité,

Tu te meurs... tu t'en vas... dans ton linceul de brume

Et l'étoile de feu que ta richesse allume

Ose à peine éclairer ta hautaine beauté...

O ciel froid... tu te meurs dans ta rigidité !...

La nuit vague... apaisée... enveloppante et nue

Descend... comme un linceul infini... de la nue...

... O mon âme... tu ris de ta vaine splendeur !

La nuit te gagne aussi, la nuit... cette ferveur

Faite d'apaisement et de sombre silence...

Le voile de détresse et de désespérance

Avec lenteur te prend... t'étreint... et puis te mord,

Impalpable combat où le faible est le fort !

O mon âme... tu ris de ton ultime rêve,

Et tu viens à douter que son aube se lève...

La nuit... la nuit... la nuit... immensité... néant...

Et je crois être ainsi qu'un abîme béant

4.

D'où ne sortira plus même l'horreur d'un râle...
O mon âme ! ô vivante et profonde rafale,
Devant la mort du Ciel pouvons-nous croire au Jour ?

UNE VOIX :

« Le Ciel a le Soleil et ton âme a l'Amour... »

... Et la nuit apaisée... enveloppante et nue...
Descendait comme un voile infini... de la nue...

.   .   .   .

———————

DEMI-TEINTE

———

Le parfum des heures mystiques,
Le parfum subtil et grisant
Tombe des cieux mélancoliques...
Car le Soleil agonisant,
A fait surgir, en s'apaisant,
Le parfum des heures mystiques...

Un vague frisson de caresse
Murmure à travers l'inconnu
Des lourds horizons de tristesse...
Car dans l'univers éperdu
C'est comme un souffle contenu
Un vague frisson de caresse...

Et j'ai cherché dans l'ombre pâle

L'espoir, qui du fond de mon cœur

Avec ténacité s'exhale...

Tout ce qui chante, la ferveur

De la joie et de la douleur

Je l'ai cherché... dans l'ombre pâle...

Mais le Ciel indéfinissable

A gardé le secret des jours

Comme une énigme impénétrable...

Chimères, lointaines amours

Se sont éteintes pour toujours,

Dans le ciel indéfinissable...

Plus troublant s'est fait le silence

Sous les grands arbres engourdis

D'une éternelle somnolence...

Et j'ai vu fuir les paradis

Qu'appellent nos désirs maudits,

Quand plus lourd s'est fait le silence...

Et dans la nuit bleue et limpide

Le cœur très las... je suis resté

En proie à l'angoisse du vide...

Car mon rêve d'éternité,

A vu pâlir sa volupté,

Dans la nuit très bleue et limpide...

LE FLOT CHANTE...

———

A Madame A. M. G.

O flots que votre voix est douce
Tout le long de la plage d'or...
Oh ! quand vous chantez sur la mousse
Est-ce pour quelqu'ange qui dort ?

Mais le flot bleu dans son murmure
Me dit : je n'ai pas de douceur,
Lorsque tu trouves ma voix pure
C'est que l'amour est dans ton cœur...

O flots que votre voix est grave
Tout le long de la côte en deuil,
Allez-vous jeter quelqu'épave
Pantelante sur un écueil ?...

Mais le flot plein d'écume blême
Vint murmurer à mon esprit :
Ma chanson est toujours la même
C'est dans ton cœur que tout est gris.

O flots que votre voix est lente,
Tout le long des sables épais...
N'avez-vous plus de fièvre ardente,
Allez-vous dormir à jamais ?

Mais le flot me dit : « O Poète,
Mon courroux n'est pas apaisé...
Mon ardeur n'est jamais muette,
C'est ton cœur qui seul est brisé... »

O flots que votre voix est triste
Dans la splendeur des Infinis...
Il semble que plus rien n'existe,
Êtes–vous morts... flots aplanis ?

Mais le flot tombant en cadence
Me dit : « A quoi bon cet émoi ?
Je suis sans joie et sans souffrance...
Toute la tristesse est en toi... »

. . . .

VOLUPTÉ MORTE

———

Pour Mab.

Je voudrais... par un soir calme et religieux
Mourir tout doucement... comme meurent les vieux...
Le ciel serait très gris, et l'horizon immense...
Et j'entendrais mon cœur se mêler au silence.

Mes rêves d'autrefois pourraient alors passer.
Et je serais heureux de les voir s'effacer...
Sans pleurer je verrais s'envoler leur chimère,
Et puis la nuit viendrait sur ce peu de lumière.

5

Ce serait une étrange et douce volupté,

Que de sentir en soi venir l'éternité.

Et je l'appellerais doucement, à voix basse,

Afin d'en mieux saisir l'émoi sur ma chair lasse.

Peut-être alors deux mains sur mon front frémissant

Viendraient-elles poser leur charme caressant,

Oh! je me laisserais aller... sans résistance,

Heureux d'abandonner ma stérile souffrance...

Un air doux... un air froid envahirait mon cœur,

Mes yeux se fermeraient de toute leur douleur,

Et ma tremblante voix aux accents d'amertume

Faiblirait dans la nuit que la brise parfume...

Je voudrais par un soir calme et religieux

Mourir très doucement... comme meurent les vieux...

Nul ne viendrait troubler ma pâle quiétude,

Et ce serait sur moi l'exquise solitude.

Je ne souffrirais plus... mes yeux clos pour toujours
Ne verraient plus la trame immense de mes jours ;
L'ombre lourde viendrait s'étendre sur mon âme,
Douce comme la main très douce d'une femme...

Et je ne viendrais pas dire au mystère noir :
Que me réserves-tu, bonheur ou désespoir ?
Car ma loi ce serait la nuit sublime et nue,
Et je ne craindrais pas son énigme inconnue.

Comme un être affaibli qui cherche le sommeil
Je m'en irais joyeux au pays sans soleil,
Où le calme est si grand que notre esprit inerte
Emplit de sa ferveur l'immensité déserte...

Je m'en irais fébrile... avec un cœur d'enfant
Qui jette autour de lui son long cri triomphant...
Et puis qui reste doux et calme, sans connaître
Le secret qui demeure au profond de son être...

Je dormirais tranquille, envahi par la nuit
Qui viendrait apaiser autour de noi le buit,
Et mon souffle à la fin s'apaiserait de même,
Et sur mon corps la Mort mettrait son diadème...

... Je voudrais par un soir calme et religieux
Par un soir très mystique où dans le ciel résonne
La voix lente du vent que tourmente l'automne,
Mourir très doucement... comme meurent les vieux.

.   .   .   .

LANGUEUR

La Nature a perdu son ardeur coutumière...
Il pleut ; la mer est plate... et l'horizon brumeux
Se noie avec le ciel... plus de chaude lumière,
La Terre disparaît sous un voile fumeux...

Il pleut... la mer est plate en sa monotonie ;
L'universel ennui pèse très lourdement.
Plus de force... langueur de la lame aplanie...
La Nature s'endort dans l'engourdissement.

L'universel ennui pèse sur toutes choses,
Tout est maussade, noir, grelottant, demi-nu...
Les sables larmoyants ont des mares moroses,
La Terre est, sous la pluie, un désert inconnu...

Tout est maussade, noir; les arbres ont des larmes
Une froide torpeur tombe avec le ciel gris
Engourdissant les bois muets et sans alarmes...
La Nature est un cœur monotone et flétri...

Une froide torpeur s'étend ainsi qu'un rêve
Jusque sur la pâleur de l'infini mouvant...
Tout est mort... l'océan, l'espace noir... la grève.
L'on n'entend même plus la complainte du vent...

... La Nature a perdu son ardeur coutumière,
Et plus rien ne sourit au Ciel jadis si bleu.
Rien ne dit le retour de la chaude lumière...
L'ennui morne s'étale... universel, il pleut...

. . . .

DÉSIR FLOU...

———

Mon désir s'alanguit comme un songe très vague
Qui s'efface sitôt qu'on le veut préciser...
Et je garde les yenx mi-clos... sans trop oser
Prolonger le frisson de mon cœur qui divague...

La paresse infinie et lourde de mes sens
Semble sur ma chair lasse une molle caresse,
Et sans savoir d'où vient ce souffle de tendresse
Je me laisse emporter au charme caressant...

Comme une image où dort le profil d'une sainte
Mon âme se repose en sa tranquillité...
Car ce soir nul besoin de brûlante fierté
Ne met sur sa ferveur son inutile empreinte...

Le ciel est pur, la mer murmure doucement
Comme une voix craintive où l'amour se devine,
Et tout mon être boit la volupté divine
Qui descend et frémit sur mes lèvres d'amant...

Un chant mystique passe à travers l'étendue
Dans un bruit de sanglot qui se déchire et meurt,
Et c'est sur mon cerveau, dans toute sa ferveur
L'angoisse d'une énigme à jamais inconnue...

Mon front blême est plus froid que le sommeil des morts,
Nulle pensée ardente ou vague ne l'obsède...
Et sans très bien savoir ce que je veux, je cède
Au malaise imprécis qui pèse sur mon corps...

Solitude! la main de ma divine amie
N'est plus là pour calmer le doute de mes yeux,
Et maintenant, devant l'immensité des cieux
Je vois trop bien le vide et la froide ironie...

Et c'est une torture étrange, au fond de moi,
Un mal voluptueux fait d'extase et de fièvre,
Je ne sais quoi de doux qui brûle sur ma lèvre,
Douleur pleine de trouble et de divin émoi...

O souffrance imprécise et très lente!... à ta source
Je bois tout le poison de l'âpre volupté,
Et dans mon cœur, alors, descend la majesté
D'un soleil glorieux près d'achever sa course...

La nuit monte! il n'est plus sous l'obscur firmament
Qu'un grand murmure où pleure une sourde prière,
Et j'étreins à deux mains mon âme tout entière
Pour contenir l'effroi de mon enivrement...

. . . .

5.

Prolonge, ô mon cœur lourd, l'extase qui divague
Et qui trouble ta force ainsi qu'un lent baiser...
Et garde au fond de toi, sans trop le préciser,
Ton désir qui languit comme un rêve très vague...

———

BRUMES

—

J'ai baissé mon front pâle et j'ai fermé les yeux
Pour ne plus regarder la tristesse des cieux...
Car partout c'est l'automne, et l'immensité pleure,
C'est comme un tintement de glas quand sonne l'heure,
Avec je ne sais quoi de vague et de frileux...
Oh ! j'ai baissé le front... et j'ai fermé les yeux.

J'ai laissé la lenteur de mon cœur s'engourdir,
Pour qu'il ne sentit pas la mort l'ensevelir...
Car déjà se répand la jaune solitude.
Les bois sont frémissants de vague inquiétude...

Tout se recueille et prie et parle de mourir...
Oh! j'ai laissé mon cœur lentement s'engourdir.

Je n'ai plus élevé la ferveur de mes mains
Vers le Tout gigantesque aux secrets surhumains,
Car la brume l'étouffe en son tragique voile..
Plus rien ne brille en lui... pas même cette étoile
Vers qui montait l'espoir de mes rêves divins...
Je n'ai plus élevé la ferveur de mes mains.

Je n'ai plus exhalé l'extase de ma voix
Pour ne pas éveiller les échos pleins d'effrois...
Car le silence lourd pèse sur l'étendue,
Car il règne partout une énigme inconnue
Et c'est un long frisson doux et triste à la fois...
Je n'ai plus exhalé l'extase de ma voix.

Et j'ai laissé la nuit me gagner peu à peu...
Tandis que dans mon cœur mourait le dernier feu

Et l'ombre maintenant de partout m'environne

C'est le frisson... le froid... le parfum de l'automne

Qui sanglotent en moi comme un dernier adieu...

Oh ! j'ai laissé la nuit me gagner peu à peu.

LE VENT GÉMIT

———

A Jean Lanquetin.

Le ciel est bas, énorme, et lourd comme une armure,

Avec, dans l'horizon béant, une hachure

De lumière criarde où l'Astre met son feu.

Et c'est un ciel étrange... un ciel fauve... un ciel dieu

Inexorablement profond et taciturne...

L'onde où se réfléchit l'âpre reflet diurne

Est un miroir brutal de fin acier bruni,

Et... sur l'ampleur du gouffre... un frisson : l'Infini,

Un frisson de vertige et d'Inconnu sévère,

De l'Au-delà sans fin... sans raison... sans mystère,

Un iréel troublant d'atroce vérité...

Un éblouissement d'ardente volupté...

Et des larmes... des cris... des sanglots... des murmures...

.   .   .   .

Le ciel est bas... énorme... et lourd comme une
                                        [armure...

.   .   .   .

Et le Vent qui remplit la lente profondeur

Et un cri si profond de haine et de douleur,

Que mon être l'accueille ainsi qu'une souffrance.

Et je suis peu à peu gagné par sa démence...

Son souffle me pénètre, et c'est dans mon esprit

Un mal mystérieux qui soudain me meurtrit.

C'est le frisson du Tout qui tremble dans mon âme

Et je me sens brûler d'une invincible flamme

Faite de désir fou, de vertige et d'effroi.

Un innombrable cri rugit au fond de moi...

Rumeur inéluctable et pleine de blasphème...

Et c'est sur la moiteur de mon front chaud et blême

Comme le lent baiser de l'Univers vivant...

En moi passe, sans fin l'âpre haleine du Vent,

Vibrante... et parfumée à la source éternelle,

Oh! le Tout m'a grisé de Vie universelle,

Mon cœur n'est plus qu'Espace, et ma chair qu'Infini...

Mon sang tout ruisselant du mal indéfini,

Se trouble, comme un fleuve énervé sur sa rive...

Mes pensers éperdus roulent à la dérive...

Ma raison est un astre égaré dans la nuit...

Ma voix, dans cette horreur, n'exhale plus de bruit,

Mes yeux hallucinés ne voient plus que du vide...

Oh ! dieux ! le Vent gémit dans mon âme torride...

. . . .

... Quel poids pèse, ce soir, sur mes yeux alourdis,

Sur mes sens énervés... sur mes membres raidis...

Pourquoi...sur mon cerveau, ce poids qui me torture?...

. . . .

...Oh ! le Ciel qui m'entoure est plus lourd qu'une armure

. . . .

CRI

_____

Le souffle fort du large a fouetté mon visage,

Ma lèvre s'est salée au parfum de la plage

Mon regard s'est empli de mer et d'inconnu...

C'en est fait ! tout mon corps délirant, éperdu

Frissonne pour toujours ! le vertige du gouffre

Le poursuit comme une ombre et lui murmure : souffre.

Et je souffre... et ce mal est exquis et cruel !

O Nature d'orgueil ! ton charme sensuel

Est pour ma folle ardeur comme un subtil poison,

Je sens rire et pleurer ma tremblante raison...

Et je me sens frémir d'une soudaine aurore.

Oh! mon cœur tout à coup est devenu sonore,

Et j'aspire un parfum si plein de volupté

Que je crois n'être plus que de l'immensité !

...Mais quel bruit tout là-bas... La rumeur de la vague

Accompagne le chant de mon sang qui divague...

Tout est grand... tout est bleu... tout est splendide et

[fier...

Oh ! que j'aime l'azur... oh ! que j'aime la mer !

Que j'aime la splendeur du « Tout » qui s'émer-

[veille !...

Face auguste, sereine, amoureuse et vermeille...

Que j'aime la clarté du Ciel halluciné

Qui trouble le secret de mon rêve obstiné !

Et rien du bruit malsain des vaines multitudes

N'éveille la torpeur des froides solitudes,

La morne humanité ne se révèle pas...

O Nature d'orgueil.. qui tend vers moi les bras,

A moi tu t'offres vierge... à moi tu t'abandonnes :

Je veux garder toujours l'effroi que tu me donnes,

C'est un repos si pur dans mon esprit aimant,

Et je suis si joyeux d'être ton fol amant !

Que je ne quitte plus ton corps inaccessible...

Toi seule es caressante... ô toi seule es terrible...

Toi seule mets au cœur ce frisson pénétrant

Qui nous rend tout à coup plein d'un amour vibrant !

... Et l'esprit angoissé par ton extase amère.

Nature ! je vivrai rempli de ta chimère !

Et tu me donneras le Bonheur imploré...

Et tu me griseras... moi le désespéré !

LES EXTASIES

—

La grande voix des flots gronde dans l'Univers
Ébranlant la torpeur des espaces déserts...
Le vent rauque s'engouffre... et le Ciel est de flamme !
Oh ! de l'extase offerte enivre-toi... mon âme !...
Grise-toi de l'ampleur du vide épanoui,
Deviens égale au Tout formidable, ébloui...
Et tu seras alors la vie universelle.
Enivre-toi, mon âme, ô mon âme éternelle !
Emplis-toi de ferveur et de chaude clarté,
Deviens comme un reflet de l'ultime Beauté...
Bois à la coupe d'or du Grand Tout qui t'écrase
Le splendide frisson de l'immortelle extase !

La grande voix des flots ébranle l'Infini ;
La grève est monotone... et le ciel est uni...
Et c'est une âpre odeur d'écume dans l'air rude.
Oh ! mon cœur emplis-toi d'immense solitude!
Embrase ta tristesse à la splendeur des jours...
Allume ton orgueil aux splendides amours
Du Tout émerveillé plein de gloire et de force !
Comme un lierre vainqueur qui s'enroule à l'écorce
Attache ta faiblesse à l'Univers divin...
Oh ! mon cœur grise-toi du gouffre surhumain.
Sois à jamais la proie... alanguie et sans trêve
Du brûlant, du fécond, de l'inlassable rêve !

.   .   .   .

La grande voix des flots roule sous le ciel d'or,
Toute la mer d'orgueil proclame son effort
Et le Soleil divin flambe dans l'atmosphère...
Emplissez-vous... mes yeux... d'éternelle lumière !
Contemplez à jamais l'hallucination
Du Tout extasié dans son illusion!...

Regardez... l'univers tout entier s'abandonne...

Gravez, gravez en vous l'Espace monotone,

Que je puisse revoir au fond de mon esprit

L'océan qui menace et le ciel qui sourit...

Oh! que ce soit toujours... dans votre nuit obscure

L'immense vision de l'immense Nature!

.　.　.　.　.　.　.　.　.　.　.　.　.

ADORATION

L'air embrasé vibre, étincelle,
Et la vie ardente ruisselle
De l'immensité du Grand Tout...
Abreuvons-nous de cette sève
Qui déborde, et coule sans trêve
    De partout...

La mer est bleue et s'illumine
D'un splendide manteau d'hermine
Aux longs replis capricieux,
Écoutons son chant tutélaire
Qui pleure et fait frémir la terre
    Et les cieux...

Les lourdes plages sablonneuses,
Les mornes landes paresseuses
Exhalent leur calme enchanteur...
Recueillons-nous, et leur silence
Apaisera l'âpre souffrance
         De nos cœurs...

Le vent est un souffle d'ivresse
Qui passe ainsi qu'une caresse
A travers l'espace amoureux,
Laissons ce grand baiser des grèves
Griser notre esprit plein de rêves
         Anxieux...

L'air palpitant ivre de vie,
La mer splendide de folie,
La grève au silence si doux
S'étalent : extase et lumière !
Adressons notre humble prière
         Au Grand Tout !

LA LOI UNIVERSELLE

Devant l'immensité... devant le ciel sans fin,

Devant tout le créé, l'Infini, le divin,

Je me suis arrêté plein d'orgueil et de crainte...

Le vent, dans l'air troublé, fait monter sa complainte,

Les flots tumultueux exhalent leur rumeur,

Et le spectable est grand et de force et d'ardeur.

C'est le jour : le Soleil ainsi qu'un dieu splendide

Rayonne éperdument dans l'extase du vide...

L'horizon est énorme, et son vague lointain

Nous confond comme un rêve étrange et surhumain.

Et c'est de toutes parts l'élan irrésistible

Du Tout... vers on ne sait quelle puissante cible...

6

C'est la sombre union des atomes obscurs
Se mêlant dans l'ivresse aimante des azurs...
C'est la chaîne éternelle et sublime des mondes...

. . . .

Immensité d'orgueil aux extases profondes,
O Toi qui contiens tout ! le ciel pâle et la mer...
Vois comme devant Toi frémit ma faible chair.
Ma volonté se meurt devant ta folle extase
Et je sens chanceler ma raison sur sa base !
O Nature ! dis-moi la Loi de ta Beauté !
D'où te vient ce puissant souffle de volupté, .
Quel suprême Idéal t'appelle dans sa gloire
Et te donne toujours ce frisson de victoire...
Pourquoi m'emportes-tu dans l'âpre tourbillon ?
Pourquoi m'éblouis-tu de ton divin rayon
Moi l'être émerveillé qui toujours désespère...
Pourquoi me montres-tu ma funeste misère !
Je sens au fond de moi je ne sais quel désir
Si brûlant.. si profond, que je voudrais mourir...

Et que mon cœur vaincu n'attend plus d'espérance.

Et Toi, Nature, Toi... comme une aurore immense

Ton cœur s'épanouit... et tu brilles d'orgueil.

Oh ! pourquoi me fais-tu sentir mon morne deuil...

Mon âme est impuissante et la Vie est obscure...

Oh! qui te fait si belle et si grande... Nature...

Qui donc ainsi t'emporte, espace au cœur aimant

Vers l'âpre destinée et l'accomplissement ?..

.   .   .   .

O Poète... la force immense qui m'entraîne

Tu la connais aussi : cette Loi c'est la tienne ;

C'est elle qui conduit tes pas encor craintifs

Et qui donne le vol à tes rêves captifs,

Alors que le désir brûle ton âme ardente.

Poète... sonde un peu le rêve qui te hante,

Tu trouveras le feu qui fait si beau le Jour :

L'universelle Loi du Grand Tout... c'est l'Amour !

Il n'est pas d'autre dieu dans l'immortel espace.

Aime ! et tu sentiras ton cœur lourd de menace

S'embraser du rayon divin de l'Infini...

Aime ! et le mal profond... que nul n'a défini

Grondera dans l'ardeur de ton sang magnifique.

Et comme moi qui vais au but énigmatique

Pour voir s'épanouir ma vaste éternité

Ton âme deviendra la divine beauté...

Et ce sera la Vie en ta force féconde,

Ton orgueil répandu dans l'ivresse du monde

Mêlera son atome à l'atome du Tout...

Et de la mer ton cœur aura le noir remous ;

Du vent harmonieux, lourde et fébrile haleine

Ton rêve aura la voix et la ferveur sereine...

Poète tu seras un peu de ma clarté !

Ton être se perdra dans mon immensité.

En moi tu confondras ta divine étincelle.

Et nous ne serons qu'un... dans l'Ame universelle !

TOURMENTE

———

C'est un tumulte noir de vent rauque et d'écume.

Les nuages très bas… courent… vertigineux

Dans le vide du ciel que nul astre n'allume.

C'est un tumulte sourd… d'ombre et de flots haineux…

C'est un ruissellement de fracas formidables…

Quelquefois alternés de silences profonds…

Des cris de volupté… des heurts épouvantables.

Des rumeurs de délire et des fureurs sans noms…

6.

La mer ! toute la mer... acharnée et géante
Se tord... se cabre et bave aux coups de fouet du vent !
Et c'est de toutes parts une gueule béante,
Un monstre frénétique... horrifié... vivant...

C'est un tumulte noir d'assauts et de rafales...
Des écrasements sourds de rochers éventrés,
Des rages d'Infini... des ardeurs bestiales :
La mer, le ciel, le vent se mordent,.. enivrés !

. . . .

Et pourtant... ce soir même, Océan, ta voix douce
Berçait paisiblement la lente immensité...
Tes lames, en mourant, mettaient un peu de mousse
Sur la jaune tiédeur du sable déserté.

La brise traversait comme une haleine molle
L'exquise pureté troublante de l'éther,
Et le ciel souriait... et sa joie était folle,
C'était de la ferveur qui montait de la mer !

Le chant de l'Infini semblait plein de tendresse,

O flots hallucinés... votre balbutiement

Avait la chaude ardeur d'une longue caresse...

C'était comme un baiser... comme une voix d'amant.

Les rocs aux fronts têtus dormaient lourds et paisibles

Nul assaut ne troublait leur uniformité...

O forces du Grand Tout... puissances invisibles

Rien ne vous révélait dans votre éternité...

C'était le lent repos... la grave solitude,

Le doux apaisement des choses et des jours...

L'Univers imprégné d'immense quiétude,

C'était le calme tendre et propice aux amours...

. . . .

...Oh ! pourquoi maintenant cette fureur profonde...

Ce tumulte effrayant de vent rauque et de nuit...

Pourquoi donc... ébranler la majesté du monde ?

Flots... pourquoi cette rage... et pourquoi tout ce bruit?

Tels des chiens déchaînés... ivres et frénétiques

Vous hurlez à la mort sur les côtes en deuil,

Sans fin... vous dépensez vos forces magnifiques...

Et votre rage augmente au choc blanc de l'écueil...

A quoi bon cette ardeur et cette incohérence !...

Bientôt le vent calmé ne vous troublera plus

Et vous ignorerez votre vaine démence :

Vos efforts pour combattre... ô flots.., seront perdus...

Ce sera le néant de votre fureur blême...

Et de tout ce tumulte indomptable et mouvant

Il ne restera rien... ô flots d'orgueil... pas même

Un peu de mol embrun égrené par le vent...

DES ABIMES

Le vertige effaré des espaces splendides

Roule dans la ferveur de mes désirs avides...

Un besoin de souffrir fait frissonner ma chair

Et c'est... dans l'âpre nuit de mon âme... un éclair

De volupté tragique et de fièvre insensée...

Le vertige envahit mon ardente pensée...

Tout vit éperdument dans l'effroi de mon corps,

Je sens bondir l'orgueil de mes cruels remords...

Des ombres tout à coup se sont évanouies

Avec des chants hurlant les folles ironies...

Oh ! mes nerveuses mains palpent l'obscurité...

Partout mon front se heurte à la ténacité

D'un très vague inconnu qui sans fin l'environne...
Partout l'écho des jours dans l'ombre monotone
Exhale la douleur des malaises profonds...
...Et le trouble envahit les tristes horizons,
Et dans mon cœur descend... gros de désirs avides,

Le vertige effaré des espaces splendides...

———

DES HORIZONS

—

Ce soir le vol profond des rêves taciturnes
Alentour de mon cœur s'abat en frémissant,
Et c'est l'émoi fiévreux des visions nocturnes
Qui trouble tour à tour et mon âme et mon sang...

Je ne résiste plus au courant qui m'entraîne,
La barque de mes jours s'enfuit au gré des flots,
J'abandonne ma force à la loi souveraine
Sans chercher à savoir d'où montent les sanglots...

Et l'immense horizon qui s'entr'ouvre est inerte...
Vide obscur ! que ma voix te fasse tressaillir
Que je fasse surgir de ton ombre déserte
Le délirant secret qui me fait défaillir...

  .   .   .   .

Comme un oiseau de nuit qui guette sa victime
Le vol des rêves lourds plane sur mon cerveau,
Et c'est... sur l'horizon béant comme un abîme
La mystique lueur d'on ne sait quel flambeau...

Des nuages s'en vont en lointaines fumées
Entraînant dans leurs plis les vagues désespoirs,
Débris d'orgueil... lambeaux des pâles renommées
Errantes à jamais dans l'angoisse des soirs...

Des heures dans la nuit... pesantes et hâtives
Passent en frissonnant, voix de l'éternité...
Et leurs spectres s'en vont en formes fugitives
En murmurant tout bas à nos cœurs « vanité ».

Des ombres, des frissons de choses invisibles
Glissent dans la noirceur des mornes inconnus,
Et des balbutiements, des effrois indicibles
Montent de la ferveur des espaces perdus...

. . . .

Comme un oiseau de nuit acharné qui s'irrite
Sur l'immobilité d'un cadavre écroulé,
Le vol des rêves lourds autour de moi palpite
Et mon cœur inlassable en demeure troublé...

Tout l'horizon s'entr'ouvre et mes folles pensées
Remplissent l'inconnu des pâles univers,
J'y vois les désirs noirs des heures insensées
Et la fébrile ardeur de mes bonheurs amers...

Et puis les songes... grands comme l'Infini même
Dorment dans l'aube immense attentive à mes vœux,
Là-bas va se dresser, superbe, ce que j'aime,
Là-bas va tressaillir la Beauté que je veux...

Sourires imprécis... regards furtifs, tendresses ..
Sonore explosion de printemps et d'odeur,
Et l'âpre vision des ultimes caresses
Hante mon âme chaude... ivre de sa ferveur...

Et toujours le vol noir des rêves taciturnes
Sur mon cerveau d'orgueil... sur mon corps frémissant,
Et je suis le jouet des visions nocturnes...
Oh ! quelle âpre douleur dans mon âme et mes sens..,

.   .   .   .

Ivresse... extase folle et hurlante des flots !...

Rage froide des vents... des sanglots, des sanglots...

Montant éperdument vers le ciel en délire.

Une plainte, arrachée à la grève, déchire

Nos cœurs... mornes tombeaux de nos rêves divins...

Ivresse... extase folle !... Oh ! prendre à pleines mains

Tout ce bruit qui rugit... ce mouvement qui gronde !

Mordre la force ardente et brutale du monde !...

Sentir son cerveau mort éclater sous les coups

Des rafales de nuit et des délires fous !

... Prie... ô mon âme, prie... et contiens ta souffrance

Trop faible est ton pouvoir si ton rêve est immense...

Contemple l'Univers... ne désire pas plus.
Dis-toi que ce sera quand les Temps révolus
T'auront plongée au fond de la Mort infinie
Que tu pourras goûter l'Extase et sa folie !

. . . .

———

UN SOIR DE SOLITUDE...

—

Un soir de solitude et de mélancolie
Un de ces soirs très lourds qui pèsent sur les cœurs.
Comme une vague angoisse où s'énervent des pleurs,
Je m'en irai là-bas... tout au bout de la vie...

Il fera noir... un calme étrange et magnifique
Emplira la torpeur du ciel illimité.
Le silence surtout mettra sa majesté,
A peine entendra-t-on du vent la voix mystique.

De l'irréalité planera sur les choses...
Ce sera le frisson subtil de l'Inconnu
Qui vient parfois troubler l'immense espace nu,
Et l'heure sonnera l'effroi des jours moroses...

Alors faisant appel au sombre enthousiasme
Qui jadis me grisait d'ardente illusion,
Ranimant dans mon cœur fervent, la passion
Morte alors que naissait la noirceur du sarcasme,

Dans ma chair je ferai jaillir cette étincelle
Dont l'ardeur éclatante embrasait ma fierté...
Et dans un cri profond d'atroce volupté
Au « Tout » je clamerai ma souffrance éternelle...

Car ce sera le soir de la mélancolie
Et de la solitude... où le cœur ne sait plus...
Où les bonheurs passés semblent si superflus
Que l'on irait là-bas... tout au bout de la vie...

 .   .   .   .

L'ÉTERNEL RECOMMENCEMENT

La pourpre du couchant ruisselle sur la mer...
Des flots chantent... là-bas un vol blanc de mouettes...
La grève... des rochers... d'informes silhouettes...
L'immuable infini... le vertige de l'air...

... Et je suis revenu vers la Côte ignorée.

Oh ! comme ma voix tremble en mon âme apeurée...
Mon cœur heurte aux parois de mon corps frémissant,
C'est dans toute ma chair le bourdon de mon sang...

Quel mal indéfini me serre ainsi la gorge...
C'est, sur mon front blêmi le bruit mat d'une forge.
Je souffre...

      ... Oh ! j'ai voulu revoir la mer... la mer !

... Et je suis revenu devant l'âpre désert.

.   .   .   .

...Que d'heures ont sonné, lourdes, rapides, lentes...
Que d'heures, tour à tour mortelles ou brûlantes
Depuis qu'il m'a fallu me séparer de Toi
Océan surhumain, mon culte et mon effroi !
Que de jours ont passé pleins d'efforts inutiles !
J'ai vécu, j'ai souffert !.. le bruit vivant des villes
M'a rempli de dédain et de vague dégoût...
O mer... qu'il me manquait ton splendide courroux !
J'ai souffert, j'ai pleuré... la cruauté du doute
Bien souvent s'est montrée au détour de ma route...
Et ce que je croyais tenir entre mes mains,
Mes rêves, mes espoirs, mes désirs surhumains,

Tout cela... s'est brisé comme un vase fragile !

J'ai souffert... j'ai vieilli... dans mon âme stérile

Je ne retrouve plus mes élans de jadis...

Oh ! dieux ! comme ils sont noirs mes lointains paradis...

Je n'y sens plus frémir les chimères passées...

. . . .

... O Mer... Toi qui savais mes secrètes pensées,

Dis... le reconnais-tu ton chantre et ton amant ?

Vois-tu comme son front s'est courbé lourdement...

Vois-tu comme son chant que rythmait le murmure

De ta voix... cette exquise et divine torture,

A perdu de sa force et se traîne en pleurant...

Mer...me reconnais tu, dis-moi, dans ce mourant ?...

J'ai vécu, j'ai souffert... j'ai connu cette Joie

Si terrible qu'hélas ! on en devient la proie...

Et le plaisir brutal a détruit ma raison.

J'ai souffert... car mon cœur a goûté ce poison

Qui brûle tout d'abord la pureté des lèvres...

Océan... j'ai vécu les nuits d'ardentes fièvres

Les nuits de désir fort et les nuits de fureur...
Et j'ai vu l'ombre en deuil de l'humaine douleur.
Mer divine... entends-tu ma voix désespérée...

. . . .

... Oh ! je suis revenu vers la Côte ignorée...

... La pourpre du couchant ruisselle sur la mer...
Des flots chantent... là-bas un vol blanc de mouettes...
La grève... des rochers... d'informes silhouettes...
L'immuable Infini... le vertige de l'air...

. . . .

... O nature ! toujours la même indifférence !
Ma plainte n'émeut pas ton éternel silence...
Majesté du Grand Tout je ne t'ébranle pas,
Que t'importe après tout ma vie ou mon trépas...
Je disparais... et toi sans fin : Tu recommences...

. . . .

... O flots hallucinés aux houleuses démences

Mourez donc... aujourd'hui, comme hier et demain

Espace... ouvre à nos yeux ton sourire divin...

Plages aux grès ardents, sous le remous des vagues

Aplanissez sans fin vos sables nus et vagues !

Chantez, chantez vents froids, aux souffles inféconds,

Répandez votre voix sur les déserts profonds...

Meurs, Soleil tout puissant, car tu n'as qu'à renaître,

Inexorablement on te verra paraître

Chaque jour, à ton heure, au firmament en feu...

Étale-toi, vertige immense du Ciel bleu...

Ligne démesurée, horizon immuable,

Garde dans tes replis ton mystère effroyable...

Et vous, noires fureurs des tempêtes de nuit.

Criez dans l'Univers votre plus rauque bruit...

Réveillez le repos funèbre de la Terre !...

Grincez, rocs submergés sous la mâle colère...

Abîmes ignorés où l'infini s'endort :

... La mort ne guette point votre éternel effort !...

· · · · · · · · · · · · · ·

... Mais moi je ne suis rien qu'un vain souffle et qu'une
[ombre

Errant sous la splendeur du ciel muet et sombre...

Que t'importe ma voix... Univers, Univers !

Mon chant s'éteint devant tes horizons ouverts...

... Et ton flot qui se meurt renaît... toujours le même...

... O Douleur ! j'ai vécu ! j'ai vu mon front plus
[blême...

L'implacable ironie est entrée en mon cœur...

J'ai souffert ! j'ai senti l'énervante rancœur

Du rêve inaccessible et des vaines tendresses...

J'ai vécu... j'ai goûté les stériles ivresses

Et je reviens, brisé, lourd d'amers souvenirs...

... Mais le « Tout » entendant ma voix et mes soupirs

Garde sa même face impassible et sereine...

La mer... voluptueuse et splendide sirène

Râle comme autrefois ses chants les plus ardents...

Le Ciel ouvre toujours son rêve aux imprudents

Qui l'implorent... les mains jointes avec extase...

L'Absolu... c'est toujours ce poids qui nous écrase...

Espace... ta ferveur a le même rayon...

Univers, Univers... ton âpre tourbillon

N'a pas changé malgré nos heures douloureuses!...

Oh! le vide a toujours ses voix mystérieuses...

C'est l'implacable Loi du Recommencement !

... Souffre, ô mon cœur maudit, mon cœur d'amer

[tourment !...

Toi seul t'es transformé dans le Temps et l'Espace !

C'est pour toi que la mort réserve sa menace...

Le jour décroît... la nuit va bientôt t'envahir :

C'est pour toi qu'est créé ce mot affreux: finir !

La Nature demeure en sa force inconnue...

.   .   .   .

... Et j'ai levé le poing vers la morne Étendue !...

.   .   .   .

TABLE DES MATIÈRES

—

IMPRIMERIE JOUVE ET Cᵗ, 15, RUE RACINE, PARIS

A LA MÊME LIBRAIRIE